MODERN

IRON ART

现代铁艺

钱永宁 编 著

上海科学技术文献出版社

图书在版编目（CIP）数据

现代铁艺／钱永宁编著．-上海：上海科学技术文献出版社，2010.2
ISBN 978-7-5439-4136-6
Ⅰ.现···Ⅱ.钱···Ⅲ.铁-装饰美术 Ⅳ.J526-1
中国版本图书馆CIP数据核字（2009）第238036号

策　　划：策人堂设计工作室
编　　著：钱永宁
责任编辑：胡德仁
书籍设计：策人堂设计工作室
版式设计：王兴凯　覃旭瑞
图片编辑：朱卫平　李从梅
出版发行：上海科学技术文献出版社
社　　址：上海市长乐路746号（邮编 200040）
网　　址：http://www.sstlp.com
发行电话：021-54039725
编辑电话：021-54037672
印　　刷：江苏常熟人民印刷厂
开　　本：889×1194　1/16
印　　张：20
版　　次：2010年2月第一版
印　　次：2010年2月第一次印刷
书　　号：ISBN 978-7-5439-4136-6
定　　价：110.00元

内容摘要

本书系统地收集了国内外装饰铁艺的各种表现形式，按照科学的分类方法给读者详细地展示了铁艺的魅力，目的就在于让更多的人去了解铁、感受铁艺，让铁艺更好地为我们的生活服务。给铁艺设计、生产、使用提供更多的灵感与选择空间。

书中共分为铁艺实例图片与铁艺样式设计两大部分，铁艺实例中包括大门、围栏、楼梯、窗、护栏、家居用品、艺术铸件、铁艺景观等室内外装饰铁艺；铁艺样式中包括了最常用的大门、围栏、楼梯。本书以精美的图片和设计新颖的图式组成，装帧精美、应用范围广、实用性强，不仅给设计者带来更多的灵感，给生产者带来更多方便，还能够给使用者带来更多的享受、提供更多的参考，同时也能够成为铁艺爱好者的珍藏。

目　录

前　言

铁，坚实、牢固、冰冷。

铁艺，通过精心的设计、精美的雕刻、精湛的铸造，制造出别具一格的铁制艺术品。

铁器早在公元前2500年左右的小亚细亚地区就有所发现。13世纪的欧洲创造出了精美的铁艺品，文艺复兴时期，铁艺融入了简约、高雅、明快之风，到达鼎盛时期。19世纪，铁艺开始作为建筑装饰构件，得以广泛流行，20世纪初进入了中国。

铁艺与建筑艺术有着不可分割的联系。人们把家具与金属艺术结合起来，钢铁成为家具的主要材料时，铁艺才得到真正的发展。铁艺不仅成为人类居住的安全保障，也带给人们艺术的享受和温馨的感觉。

铁有着无限丰富的可塑性，铁在锻造过程中柔软如水，可以任意弯曲，这种材料的特性，对于艺术和设计师来说，真是不可多得的上帝造物，艺术与技术高度的融合，铁与丝的巧妙融合，创造了其他材料所不可企及的惊人美丽。

铁艺作品按照类型分，有园林建筑铁艺、家具装饰铁艺、工艺美术铁艺。按铁艺材料及加工方法分，铁艺有三大类，即扁铁花、铸铁铁艺和锻铁铁艺。

铁艺景观以其材料独特的质感和多样的造型，构成城市景观中最活跃的元素，以雕塑、小品、公共设施等艺术形式存在于城市的每个角落，装点和调节城市的公共环境，散发出独特的艺术魅力。设计师对铁艺景观的追索与创新，为现代铁艺景观艺术注入了新的活力，很多地方令人耳目一新，产生意想不到的艺术效果。

铁艺中常用的金属加工工艺有铸造工艺、锻造工艺、焊接工艺（热加工工艺）和钳工工艺（冷加工工艺的一种），有时也还借助机床加工。

铁艺作为建筑装饰装修中的重要组成部分，其装饰、实用价值日益显现出来。无论是围栏、护窗、大门、雕花的铁屏风，复式阁楼的转角楼梯，还是阳台上摆设的铁摇椅、盛满干花的铁花篮，铁艺已经浸透到建筑装饰的各个部位，或精细或粗犷，或光亮或黯淡，或现代或古朴……其独特的风格，为我们今天的家居装饰注入了新鲜气息。

拥有一个舒适、轻松、亲切的家居环境，是现代生活品质的基本要求。室内陈设讲究实用、舒适、美观，对较高层次的陈设空间，还应具有一定的内涵和意境。手工铁艺家具有一种怀旧、古典、浪漫的风格，凝聚在铁艺上的历史沉淀感、文化厚重感更是颇可玩味，具有很强的鉴赏性和保值性。所以说，若需要通过陈列品和室内家具来体现自我，使周围的环境个性化、生存空间人性化，铁艺家具是不可缺少的。

在卧室中，选择一张雕花铁床，具有古老而沉静的气息。台灯灯罩若是仿黄铜效果的铁艺，便具有一种古式温暖怀旧的色泽。在客厅，精致大方的小铁艺圆桌及艺术铁椅能营造出活跃的谈话氛围。在书房里，也可运用铁艺来柔化气氛、装点空间。在窗边放置一个铁制植物架或吊花篮，让绿色的藤蔓悠闲垂在窗上，为阅读、书写空间顿增一丝情趣。门廊及庭院花园，也是铁艺精品散发风采的地方。铸铁椅子及长凳能给极富浪漫情调的门廊增添魅力和个性，花园天使雕像和锻造铁围栏能引发浪漫情怀和思古幽情。

就风格而言，铁艺有中式和欧式两大风格，欧式铁艺源于欧美古典艺术的精髓，图案以花草、十字架等造型居多，着意体现古朴典雅的欧洲风情，工艺比较细腻；中式铁艺比较大气，更注重将铁艺融入到中国现代建筑和装饰的风格之中。

MODERN
IRON ART

现代
铁艺

DOOR

门

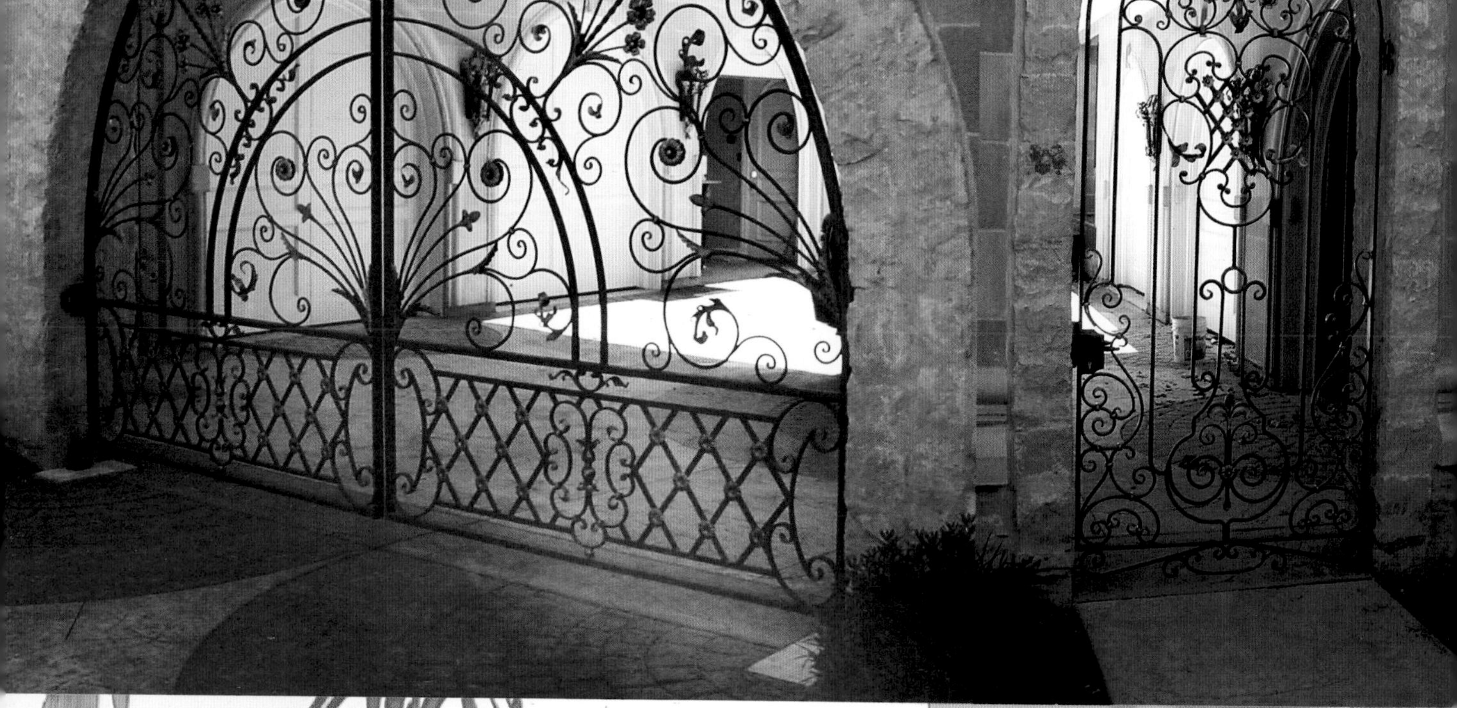

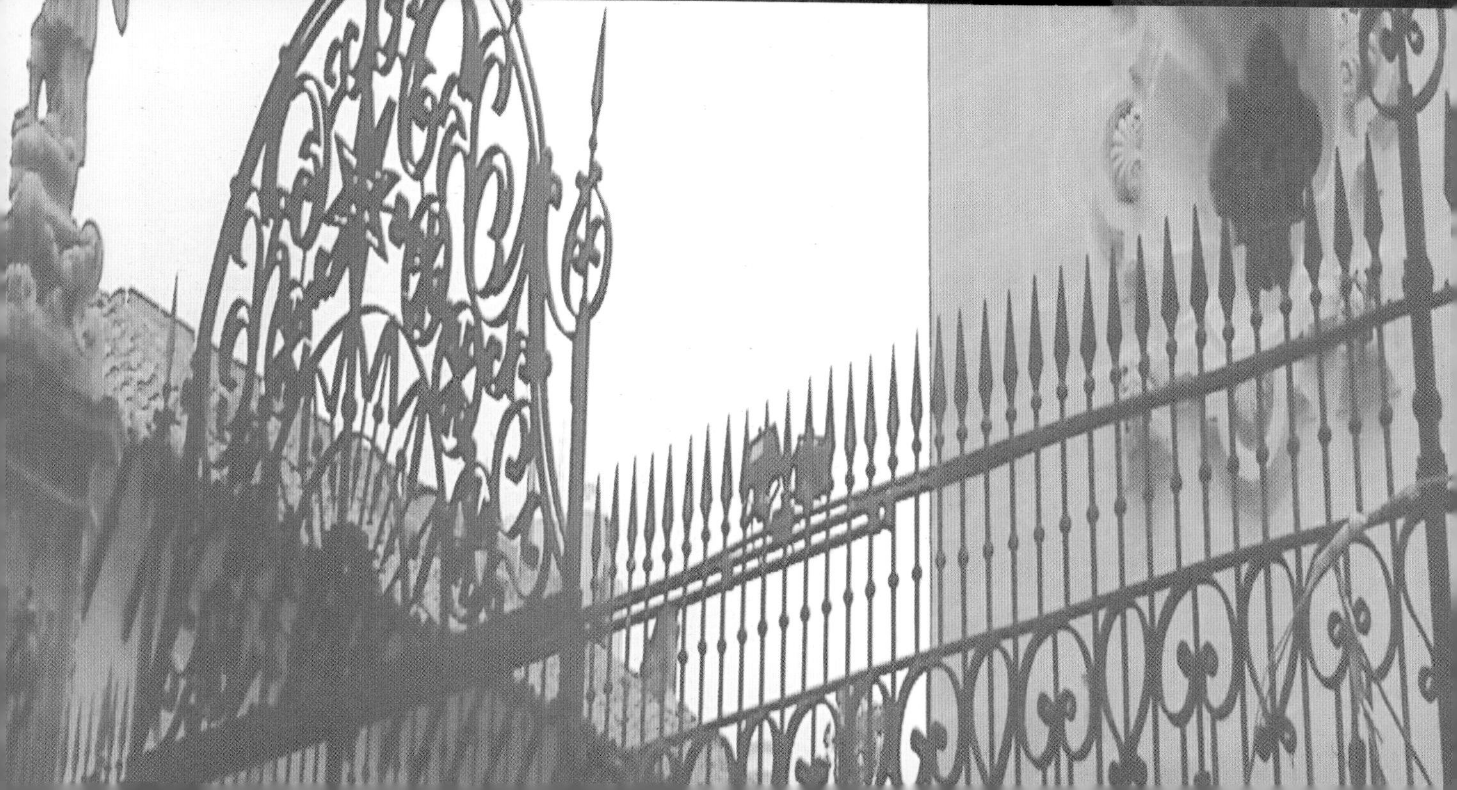

MODERN IRON ART

现代铁艺

RAILINGS

围栏

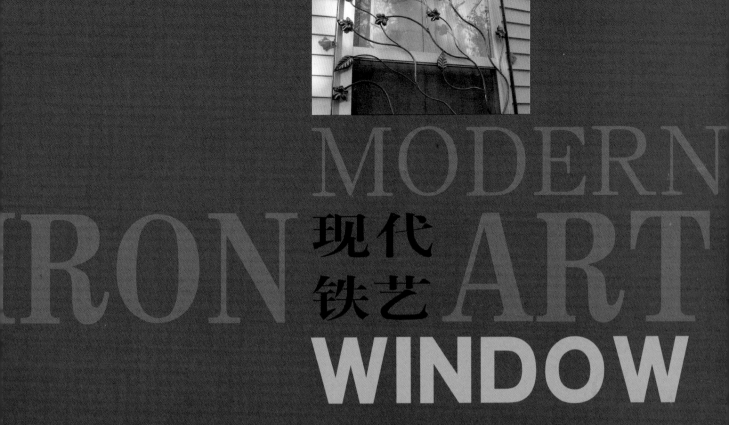

MODERN

IRON ART

现代
铁艺

WINDOW

窗

MODERN
IRON ART

现代
铁艺

HOME

家居用品

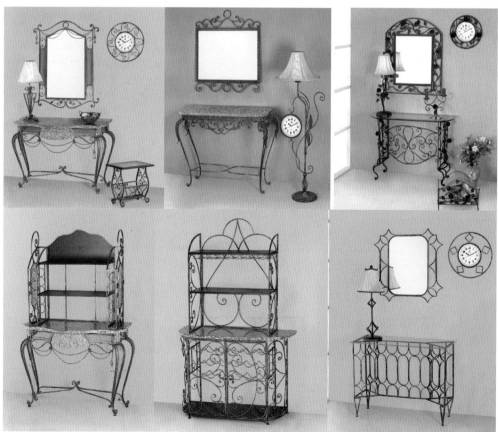

MODERN

IRON

现代
铁艺

ART

CRAFTS

工艺

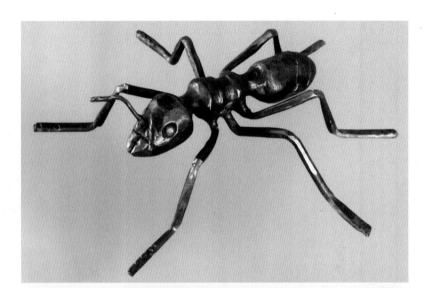

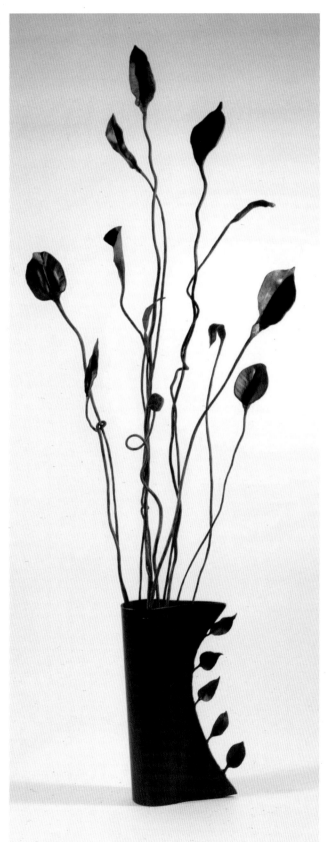

MODERN

IRON 现代 ART

铁艺

FACILITIES

公共设施

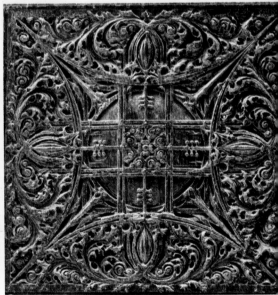

MODERN

IRON ART

现代
铁艺

TYPE

铁艺样式设计
大门

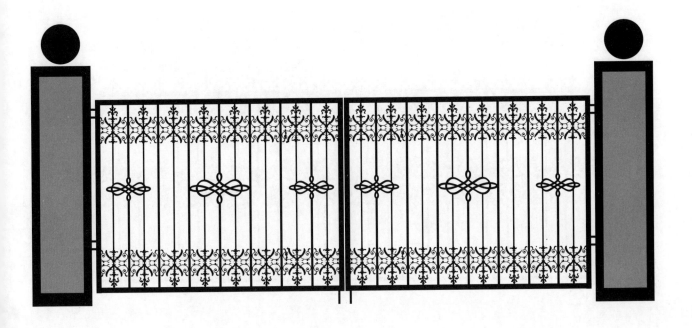

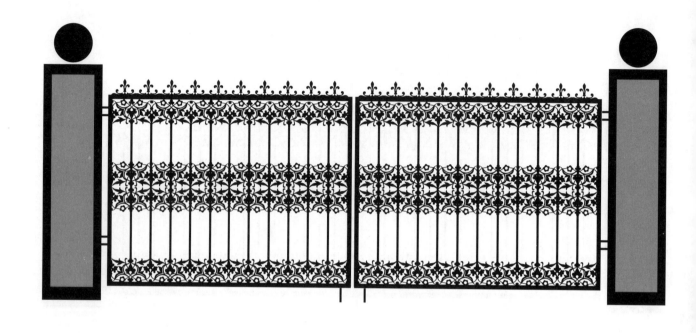

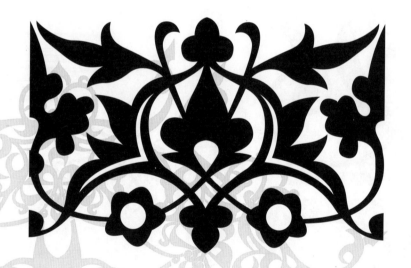

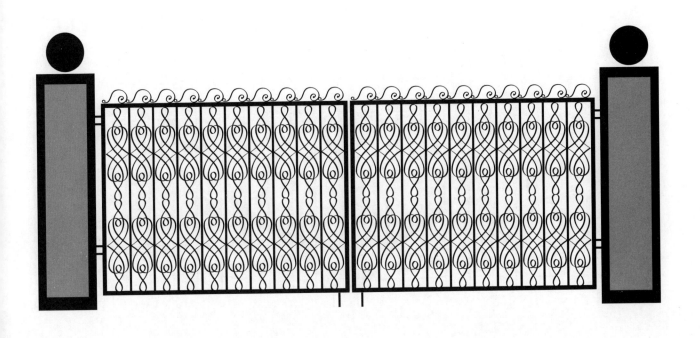

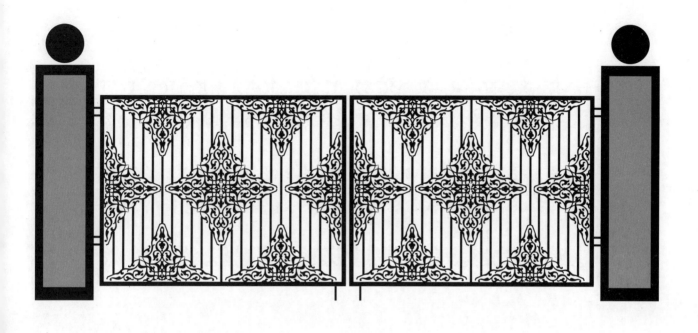

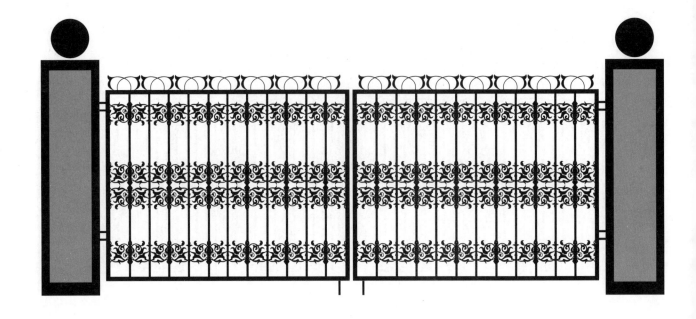

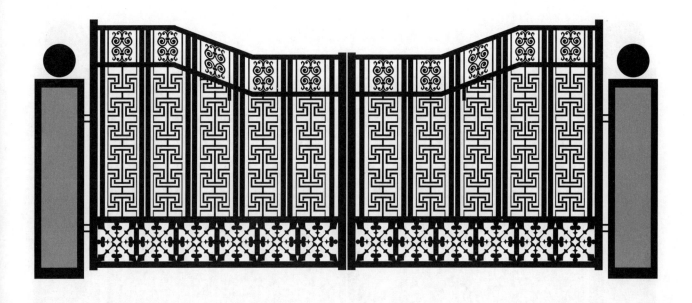

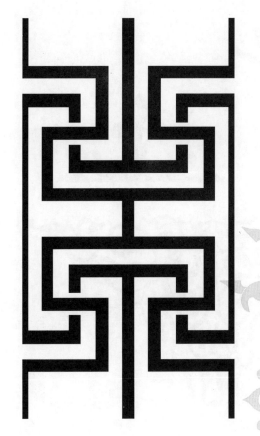

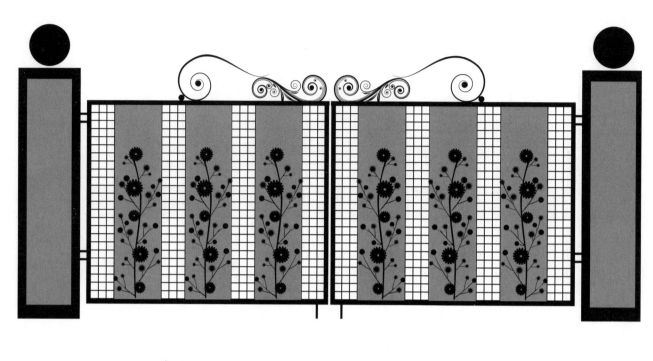

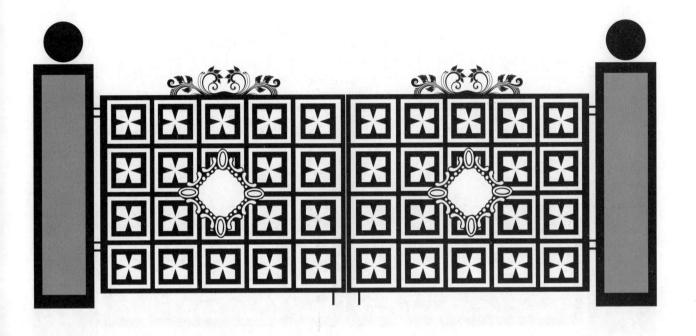

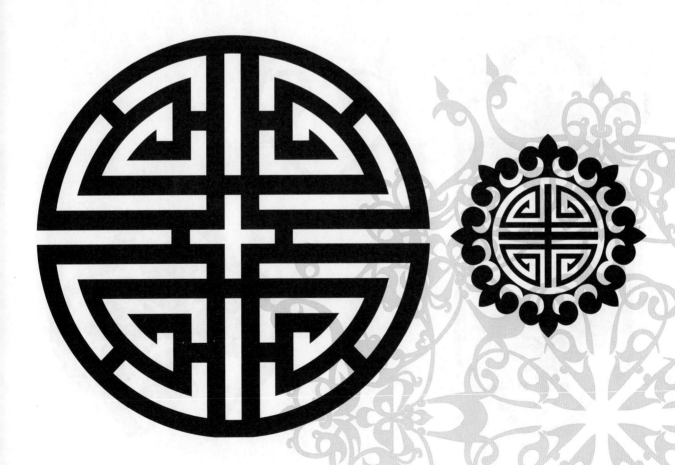

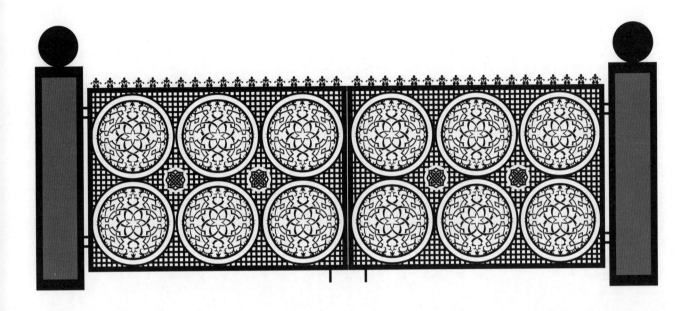

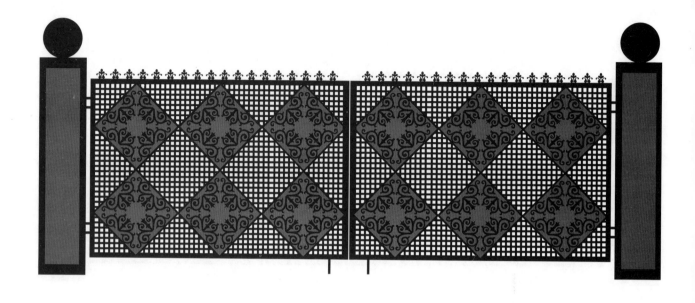

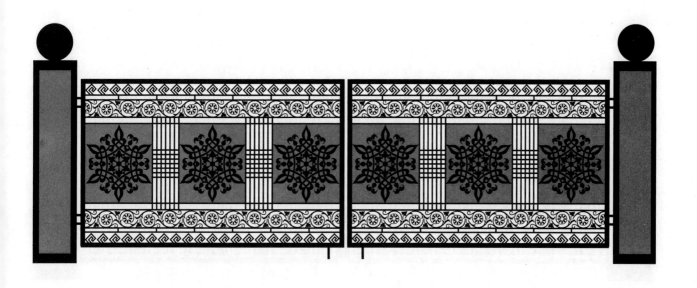

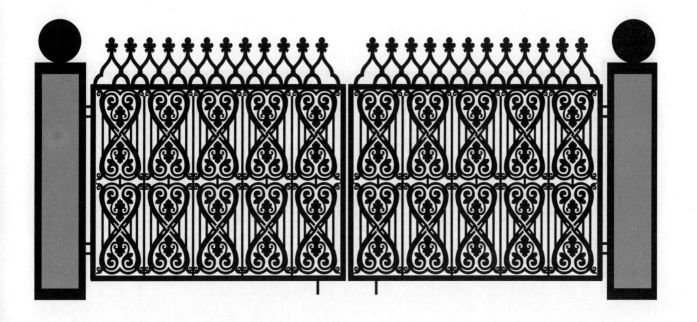

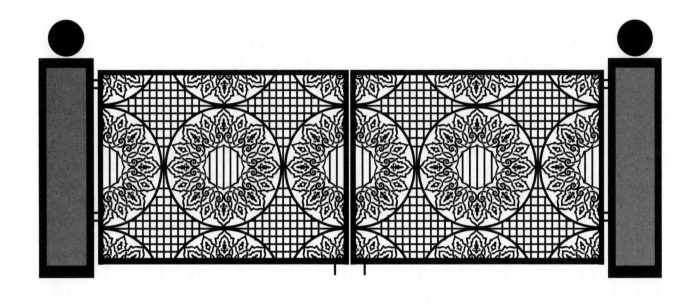

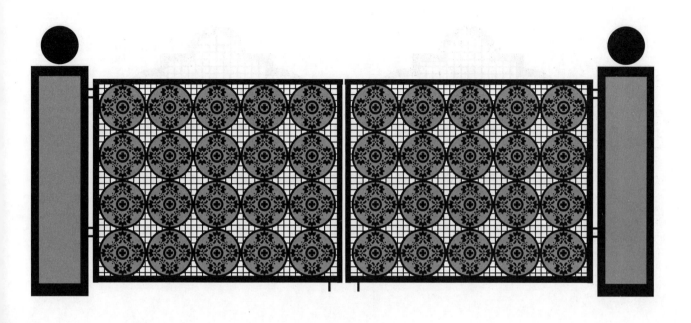

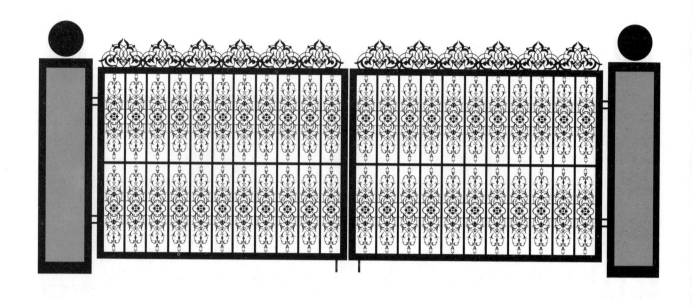

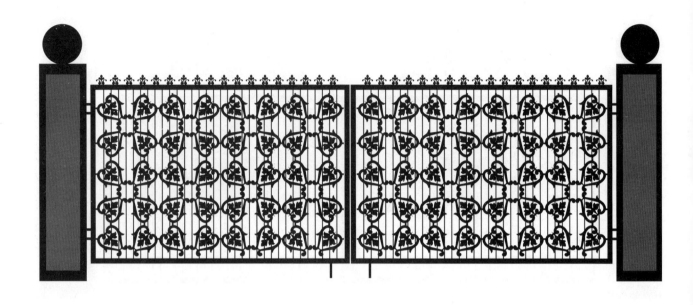

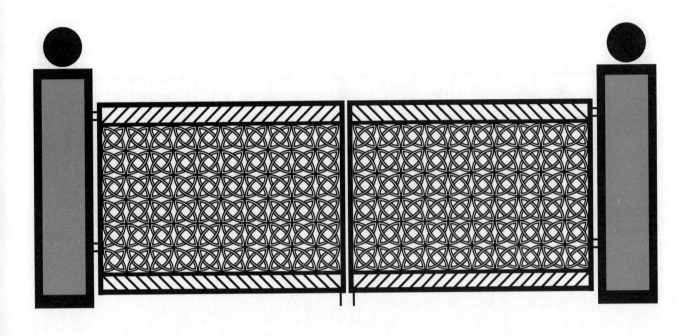

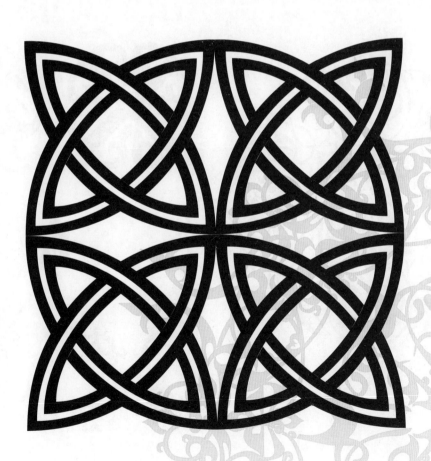

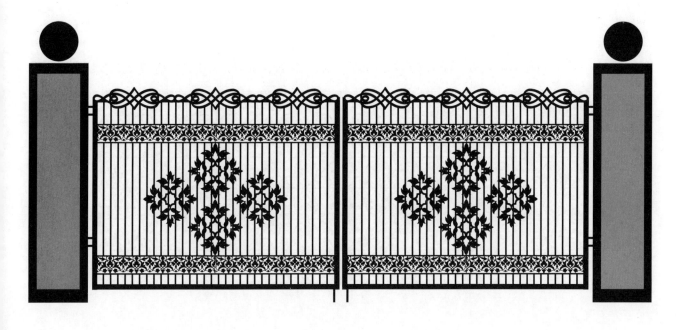

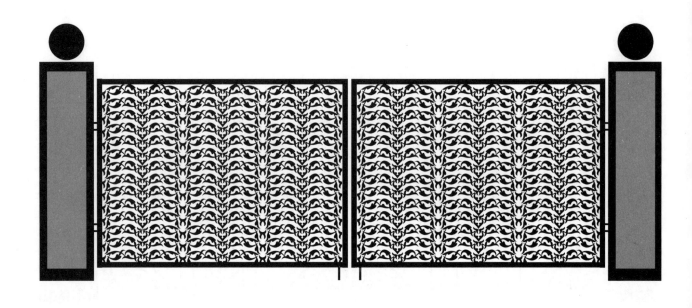

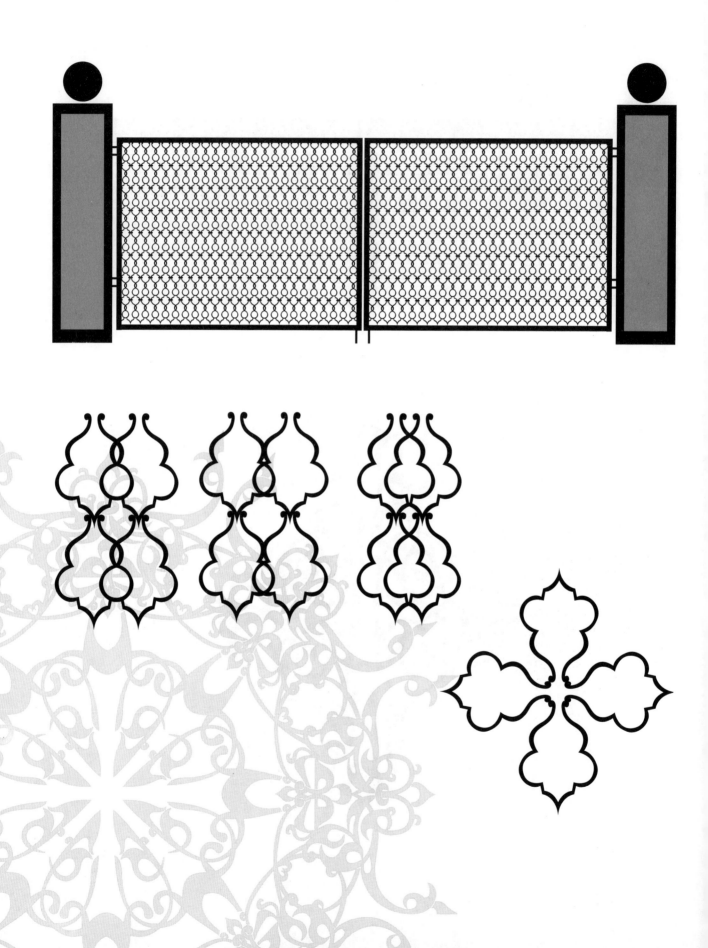

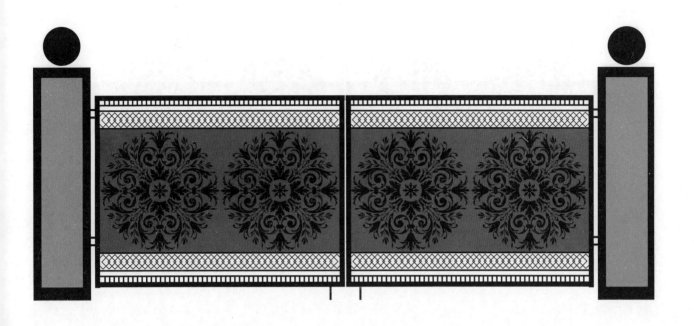

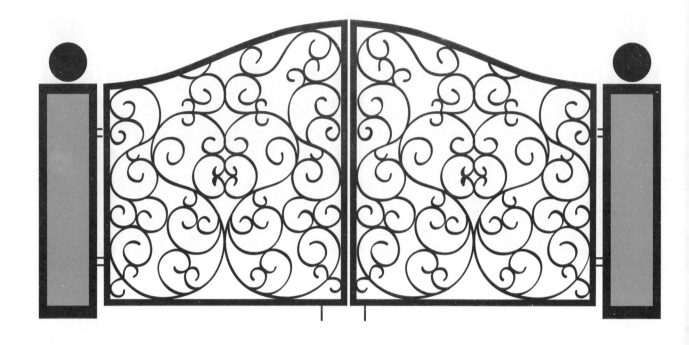

MODERN

IRON

现代
铁艺

ART

TYPE

铁艺样式设计
围栏

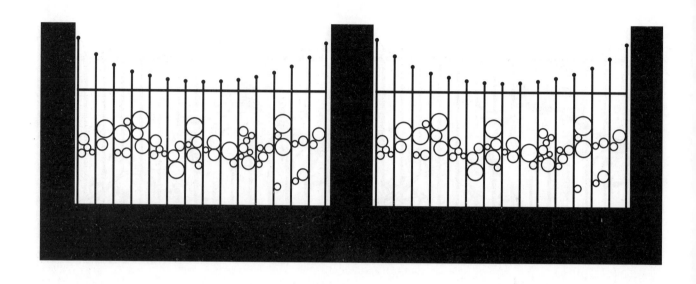

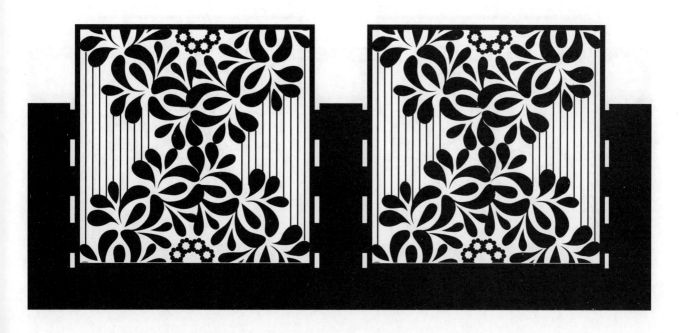

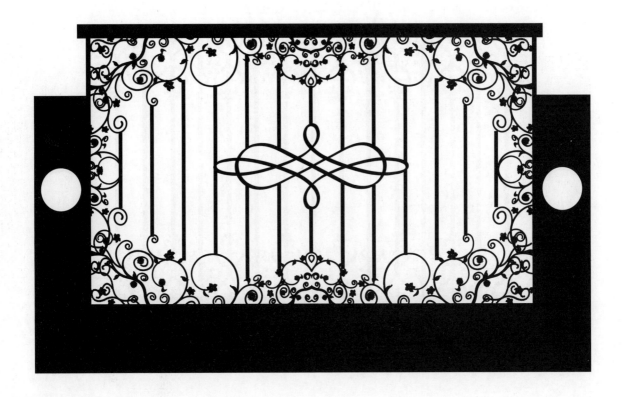

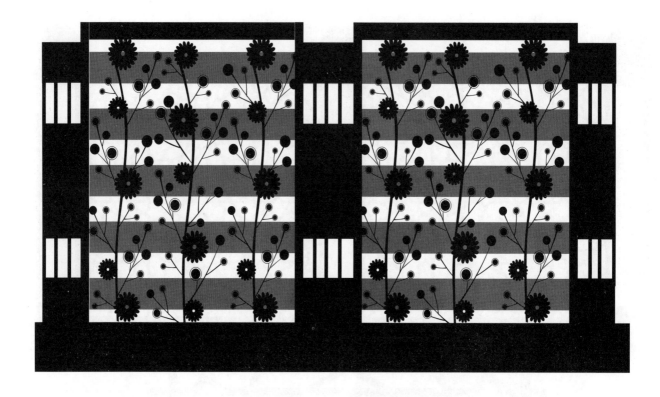

IRON ART／173

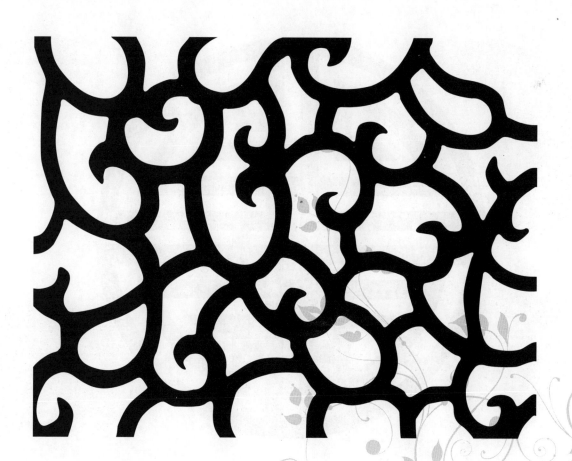

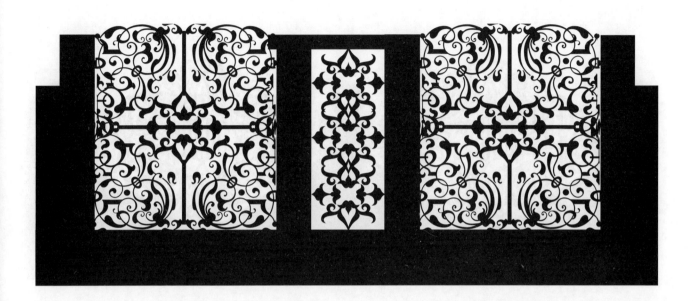

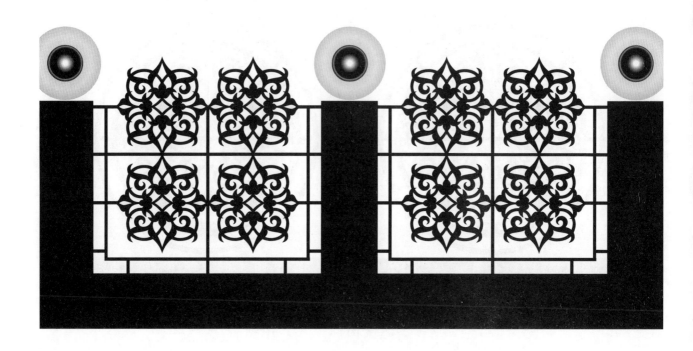

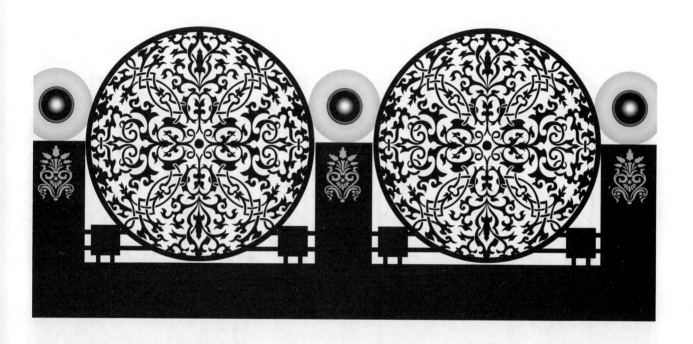

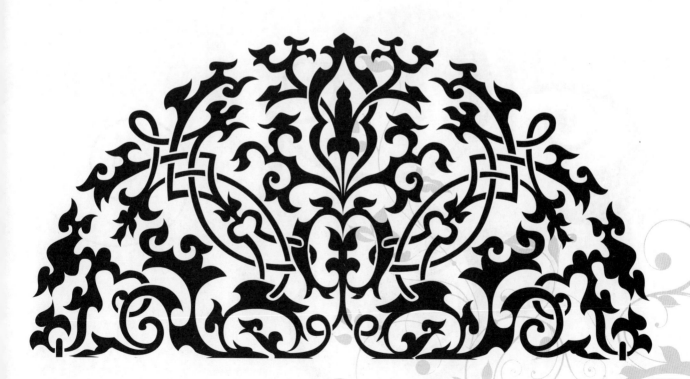

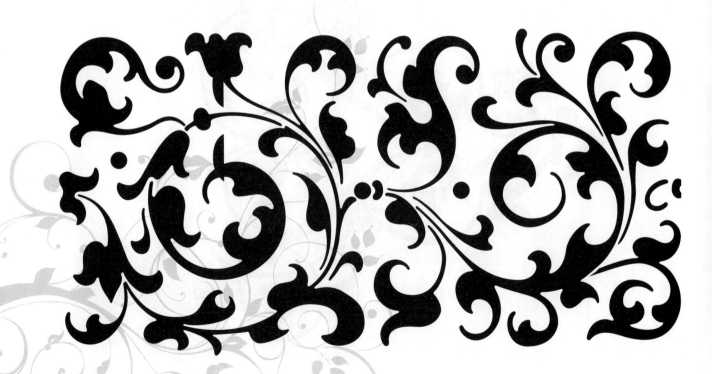

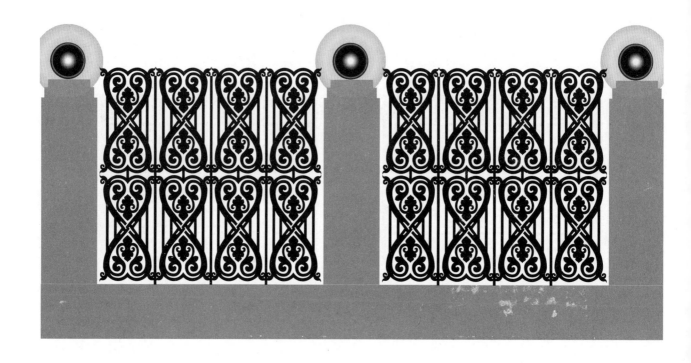

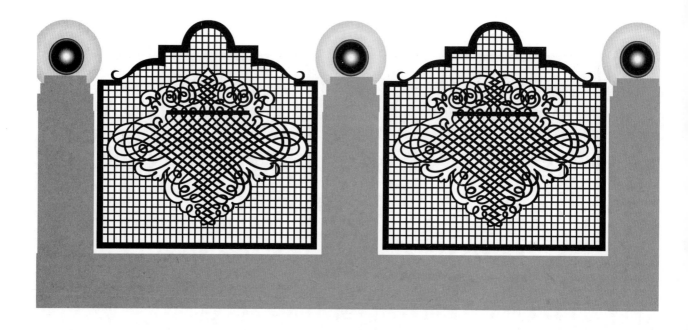

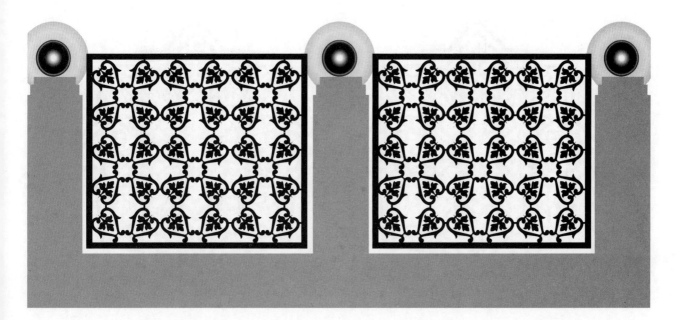

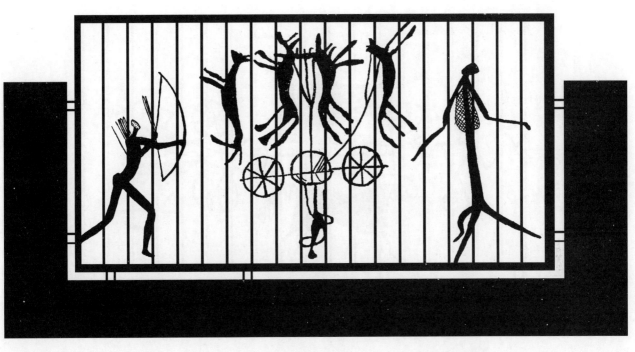

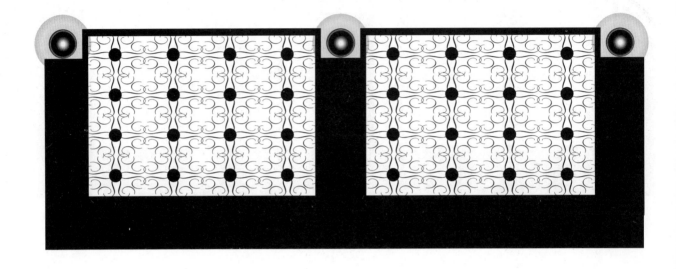

MODERN

IRON

现代
铁艺

ART

TYPE

铁艺样式设计
楼梯

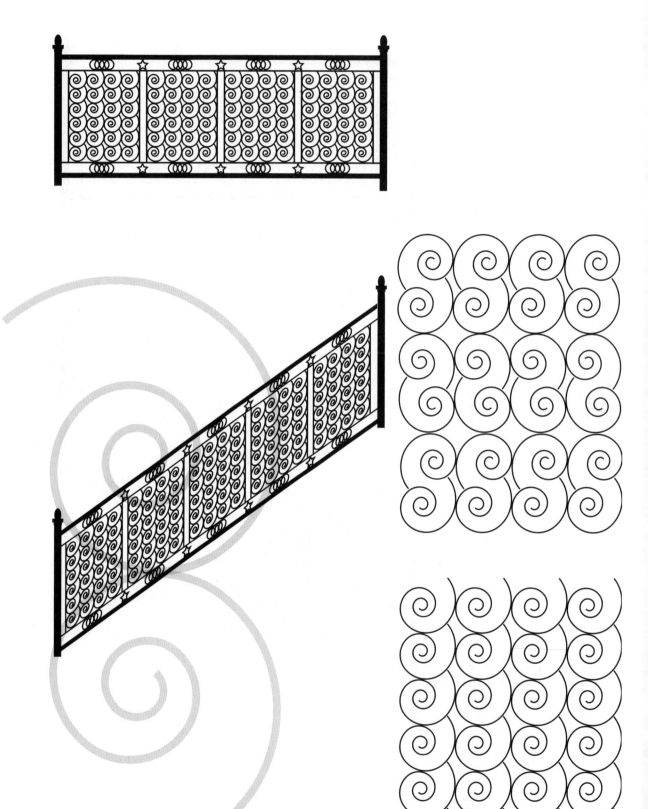

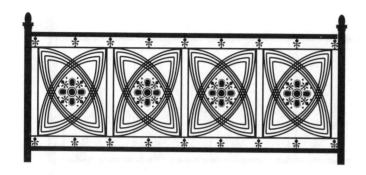

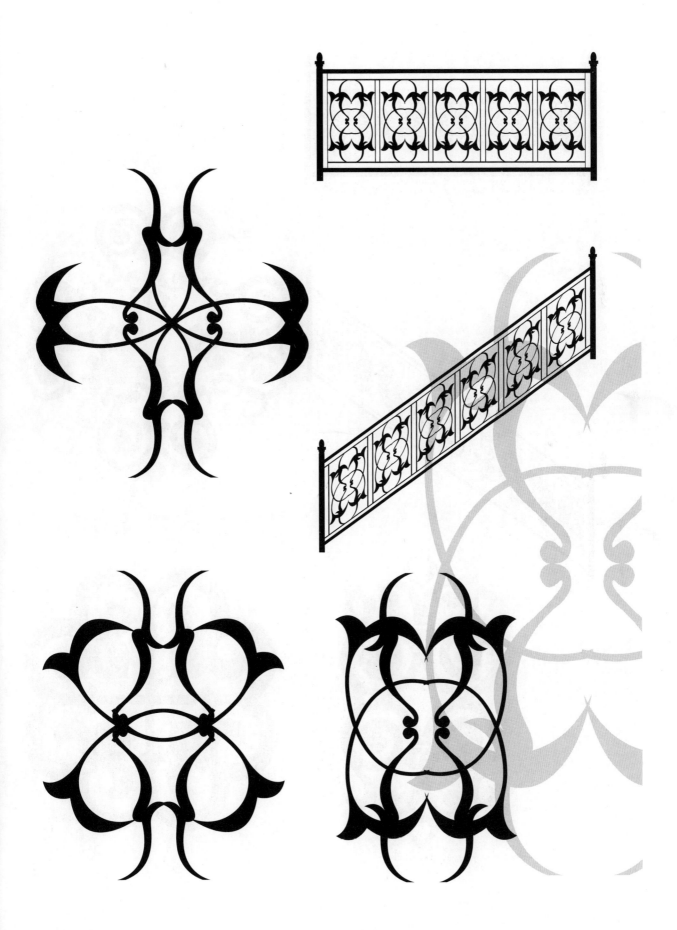

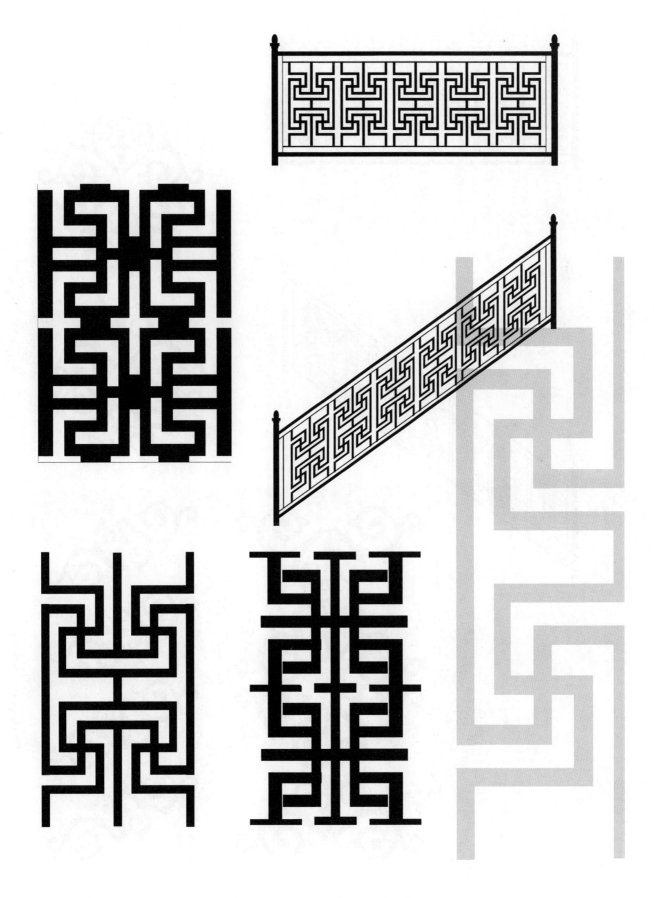

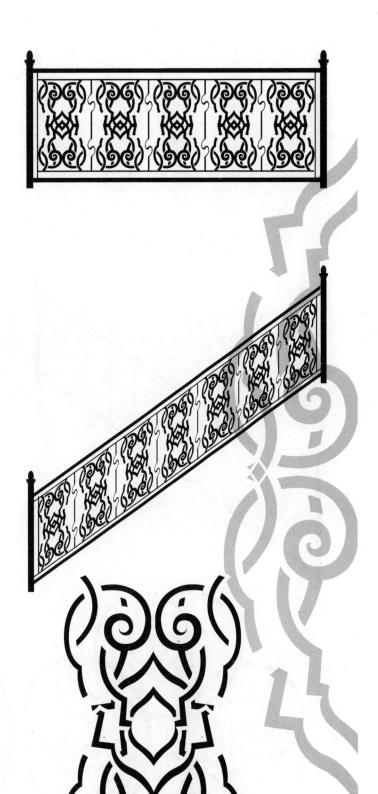

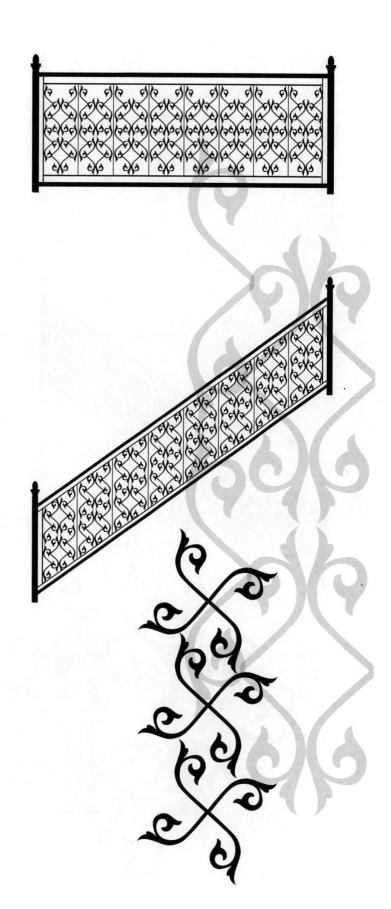

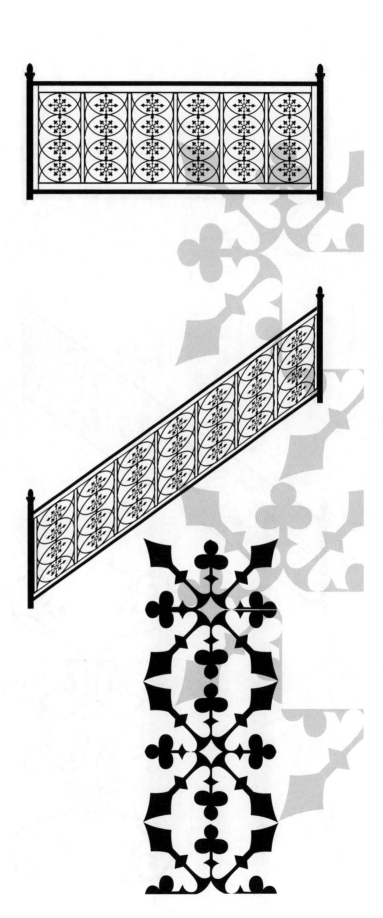
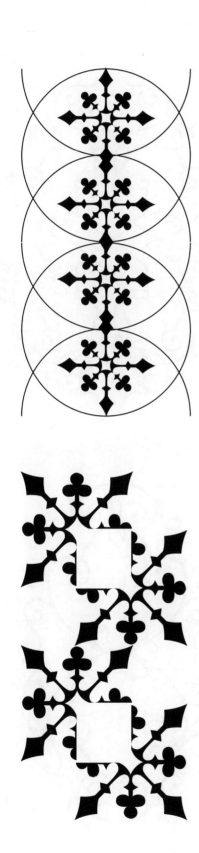

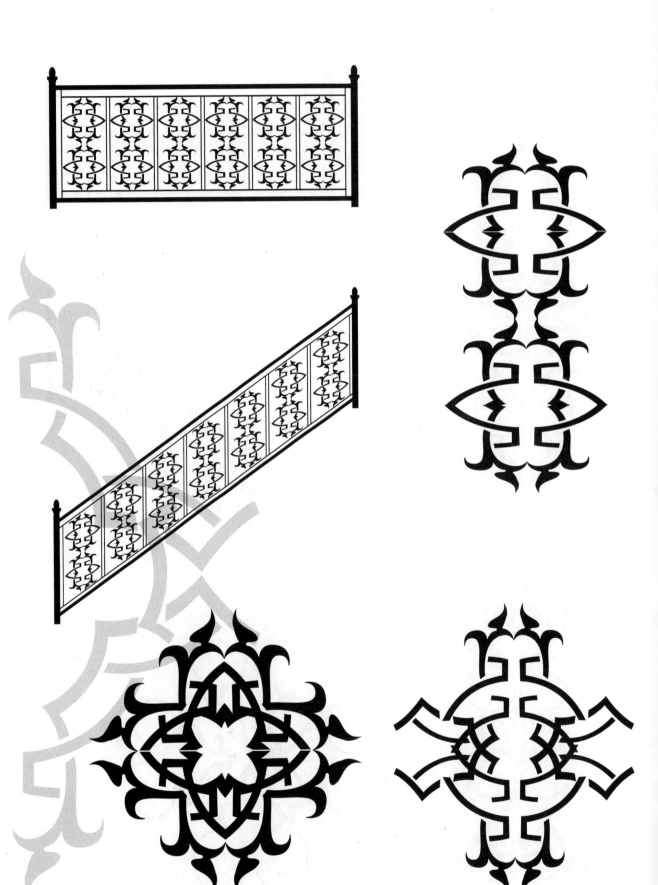

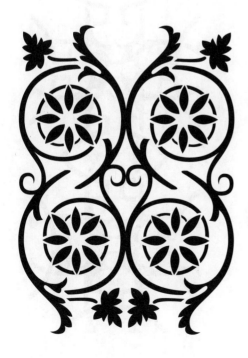

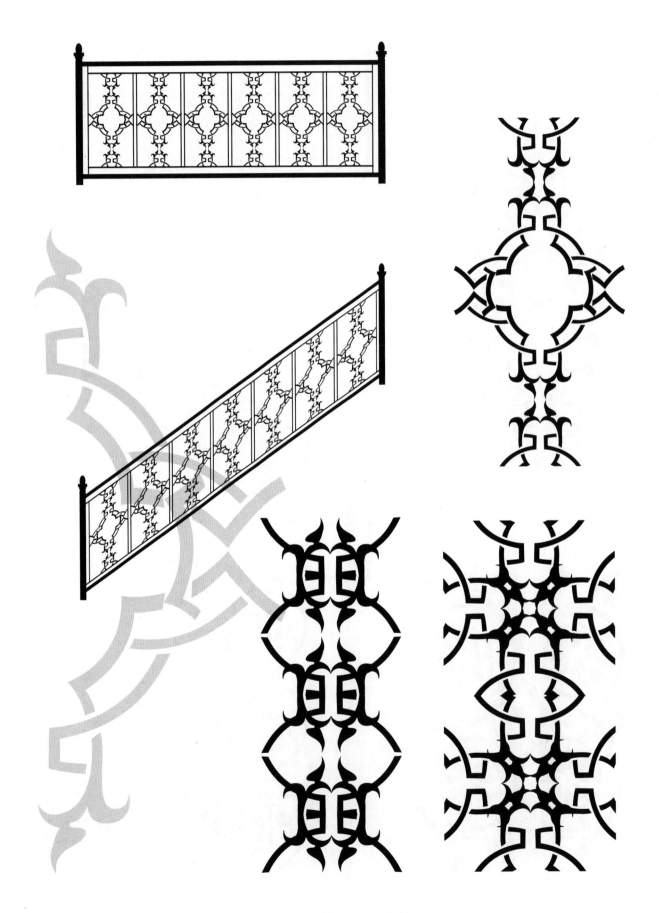

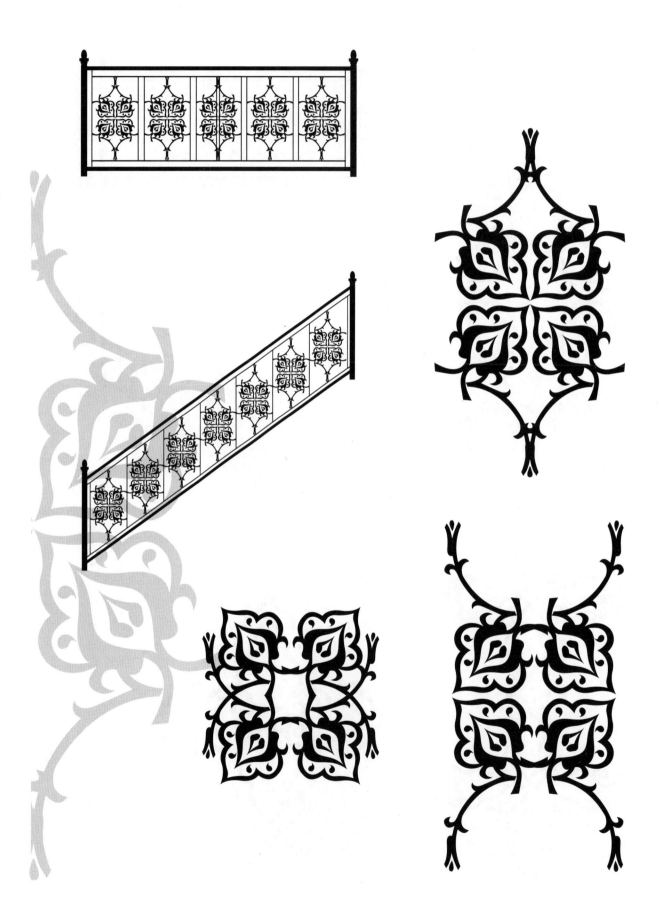

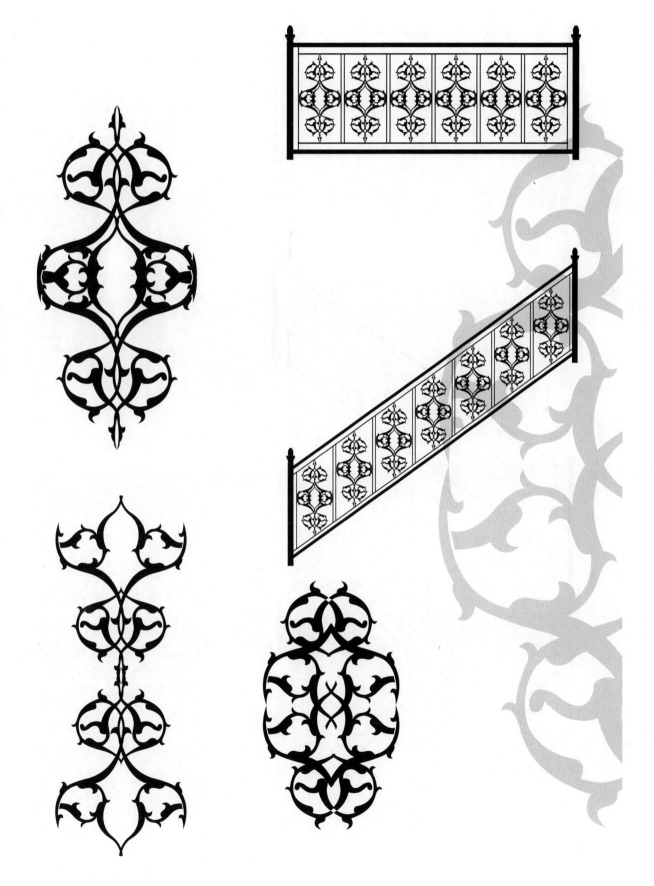

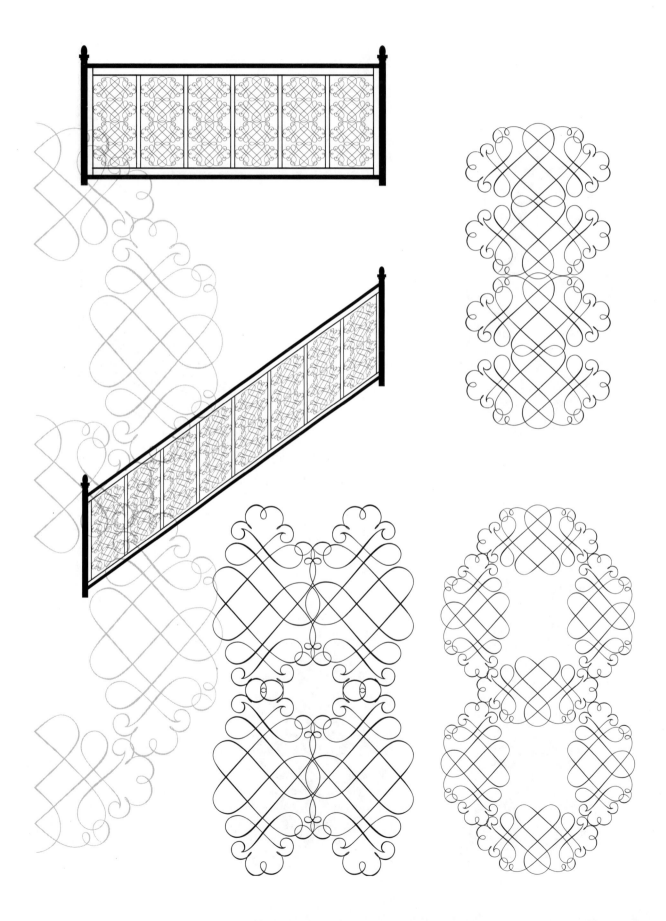

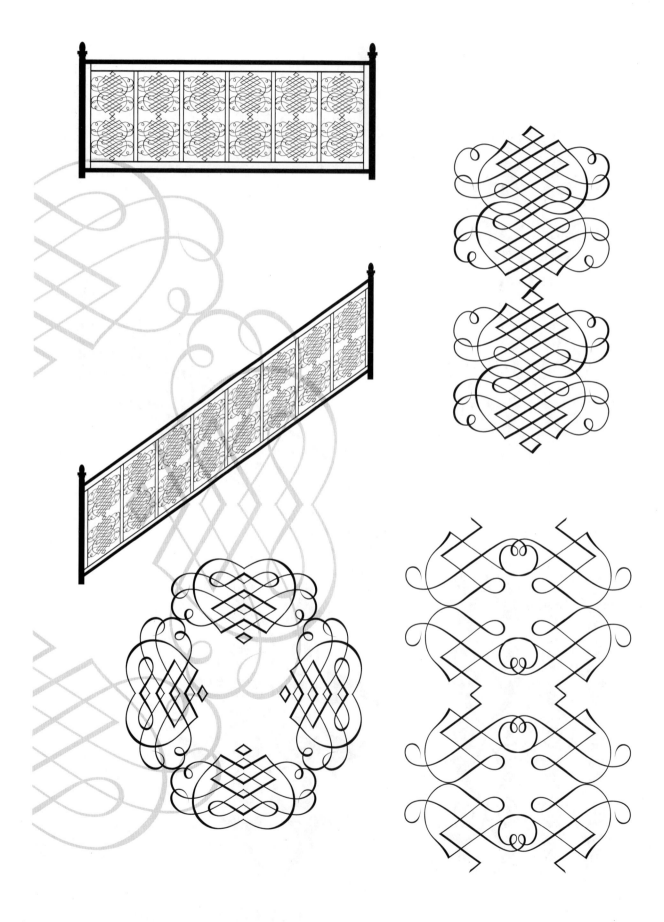

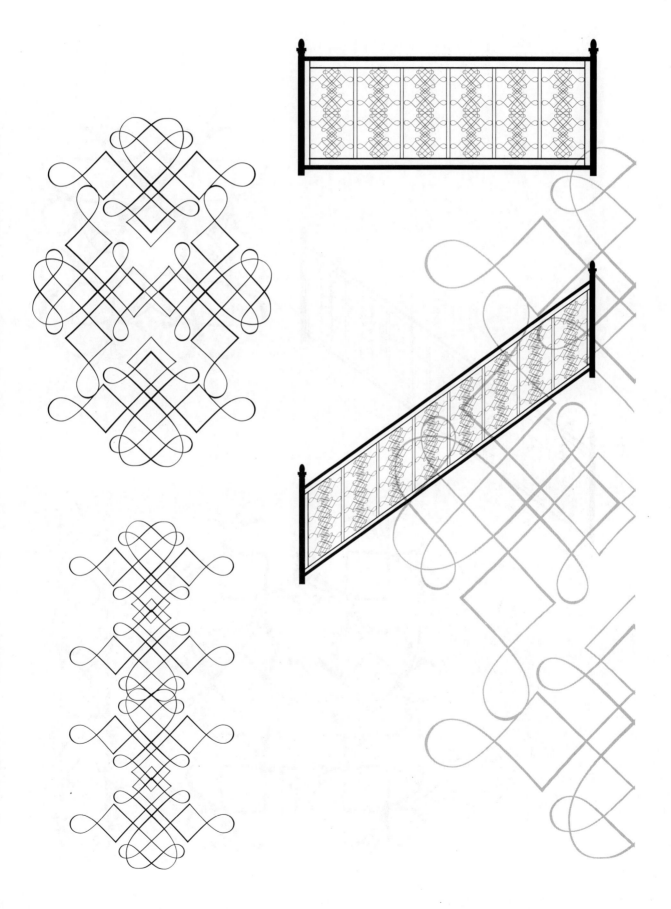

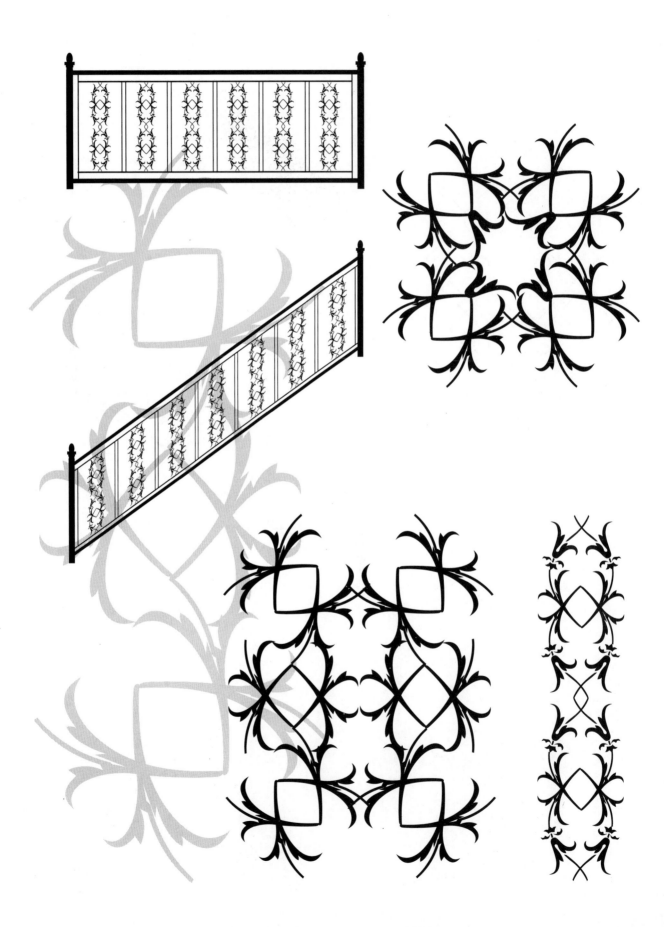

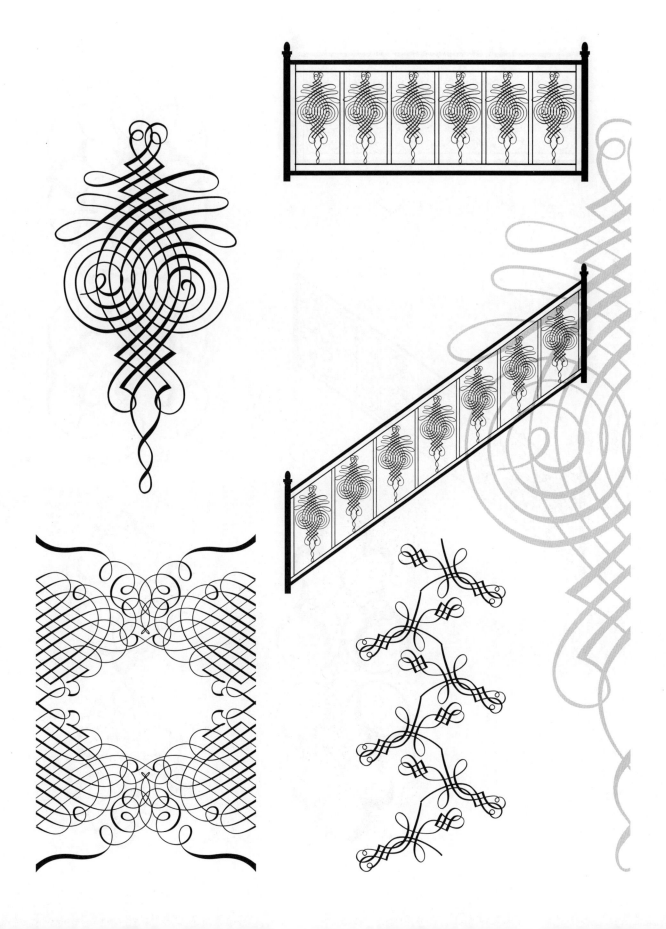

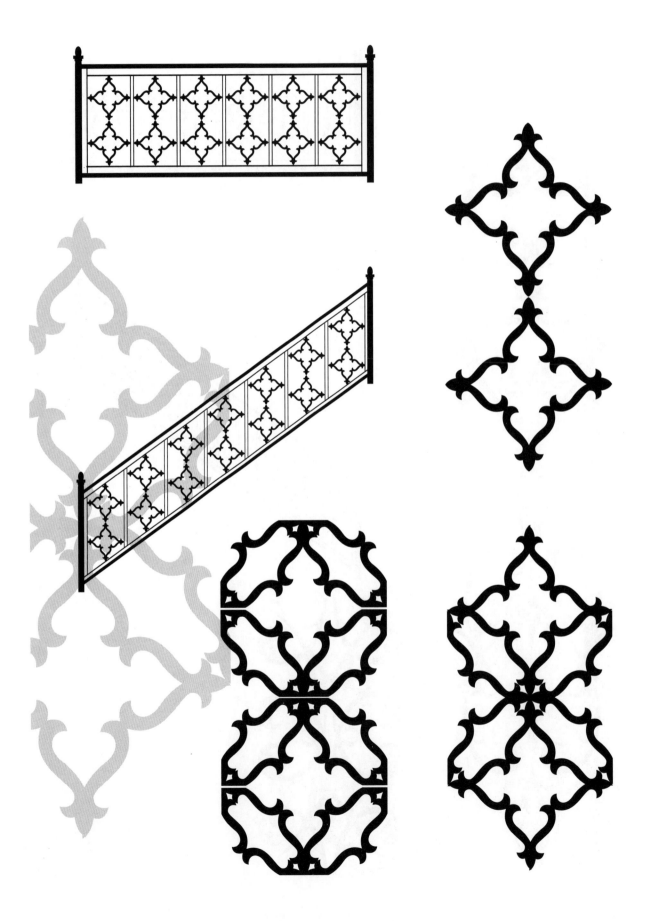

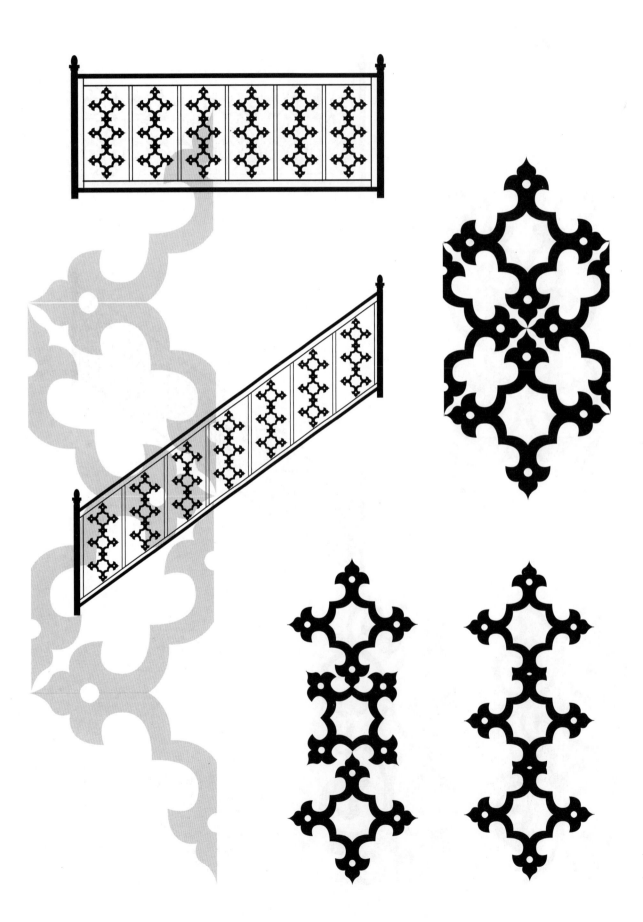

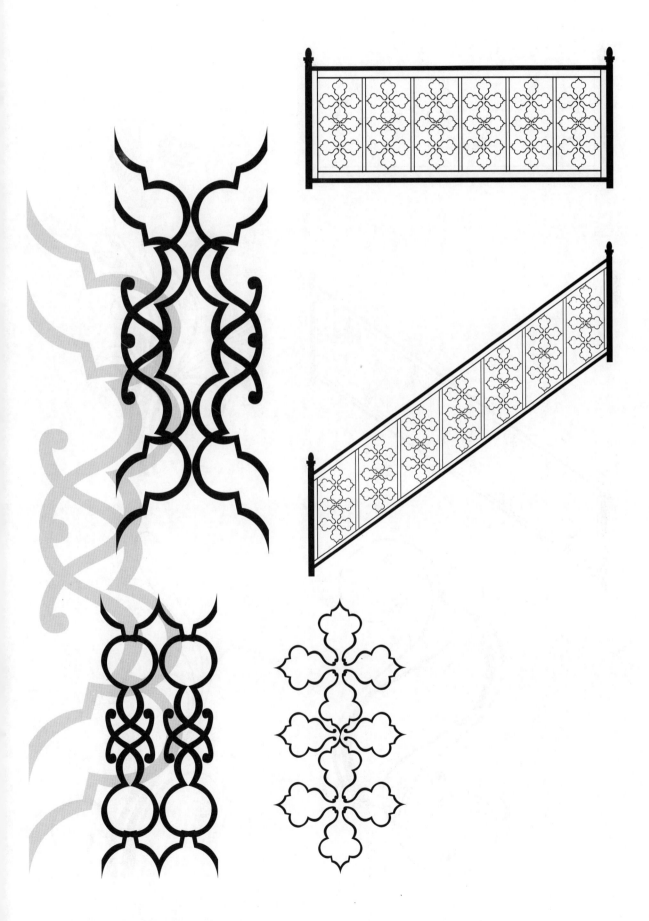

MODERN

IRON ART

现代
铁艺

TYPE

铁艺样式设计
室内门窗

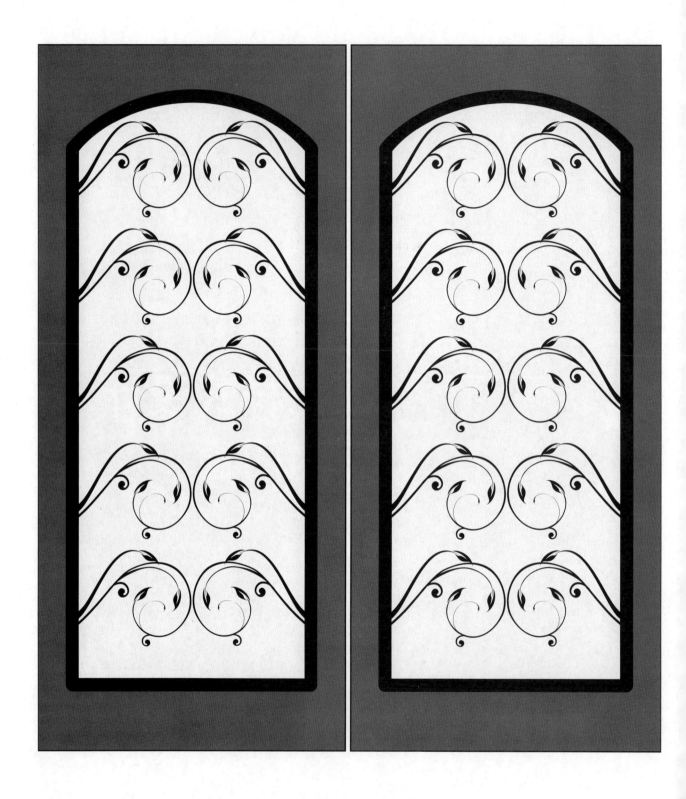

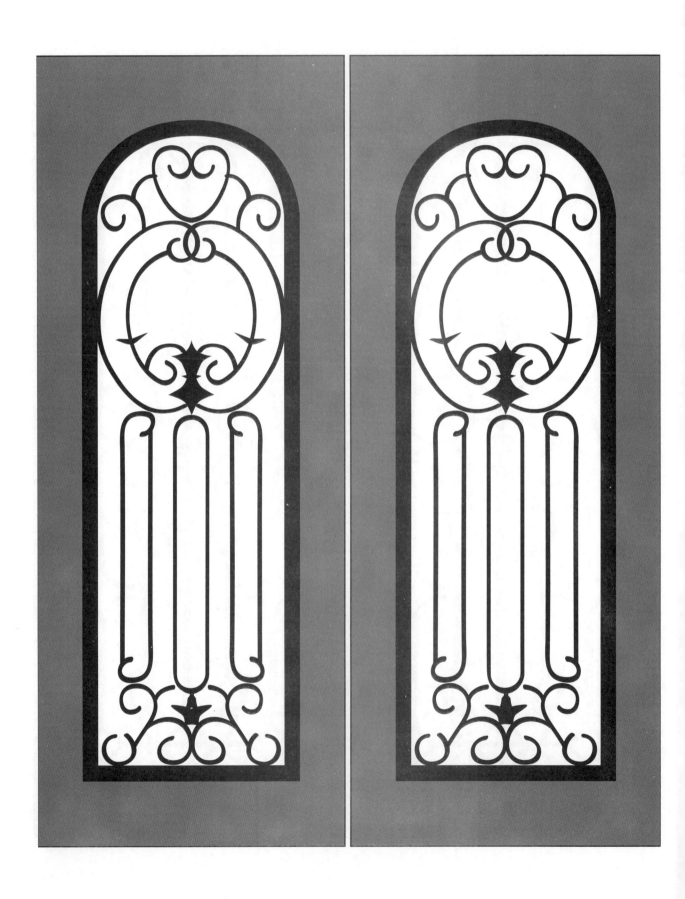

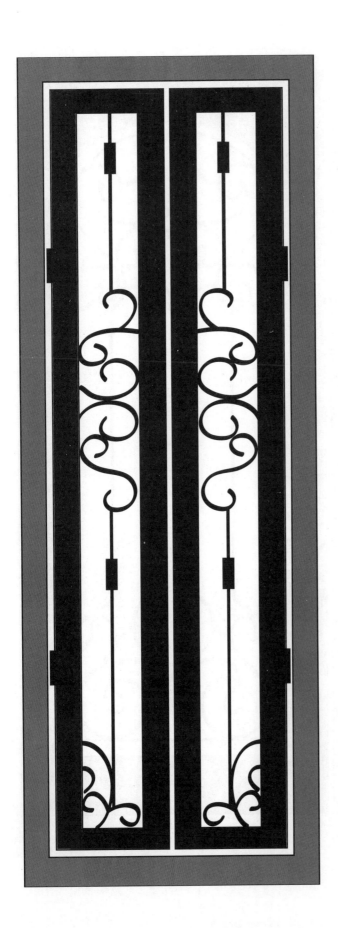

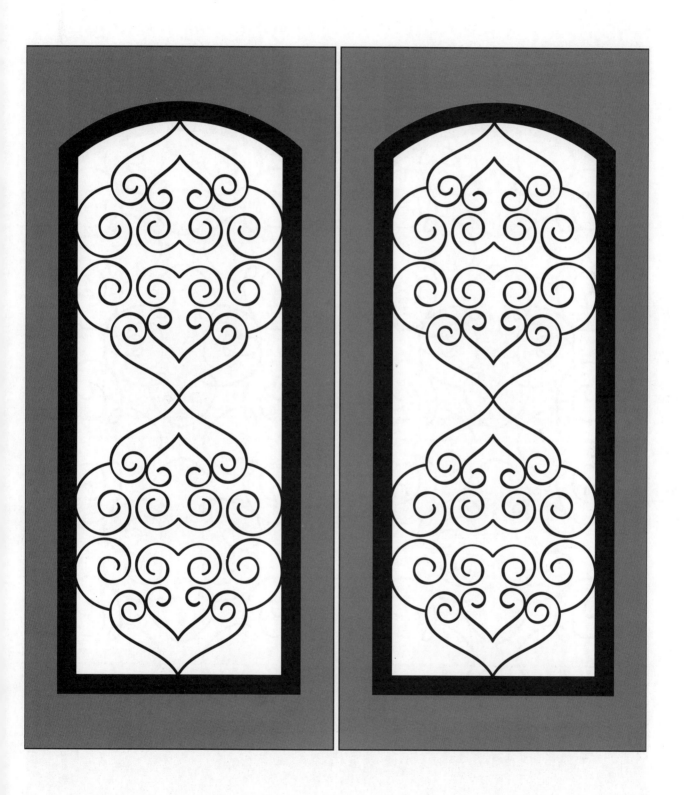

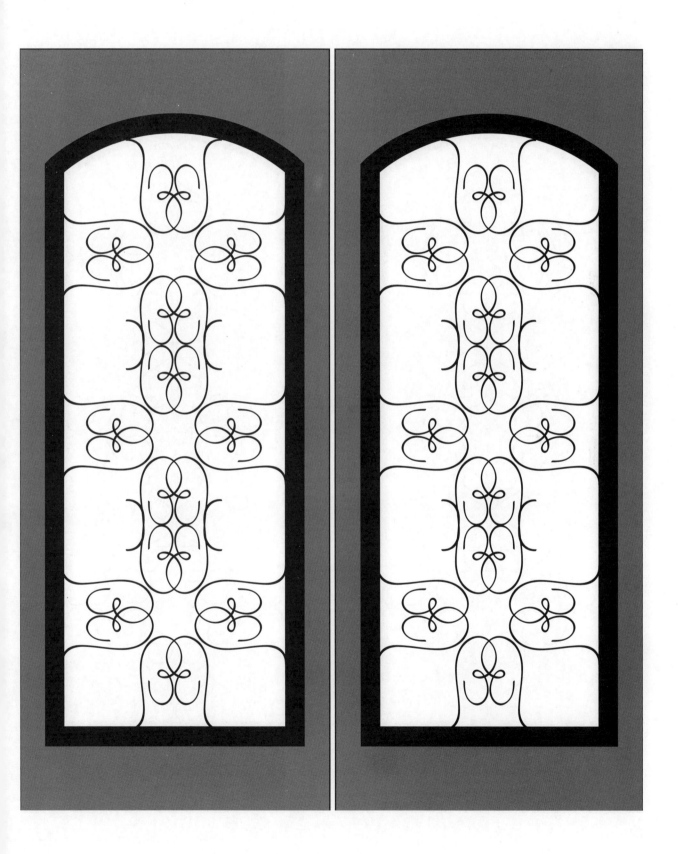

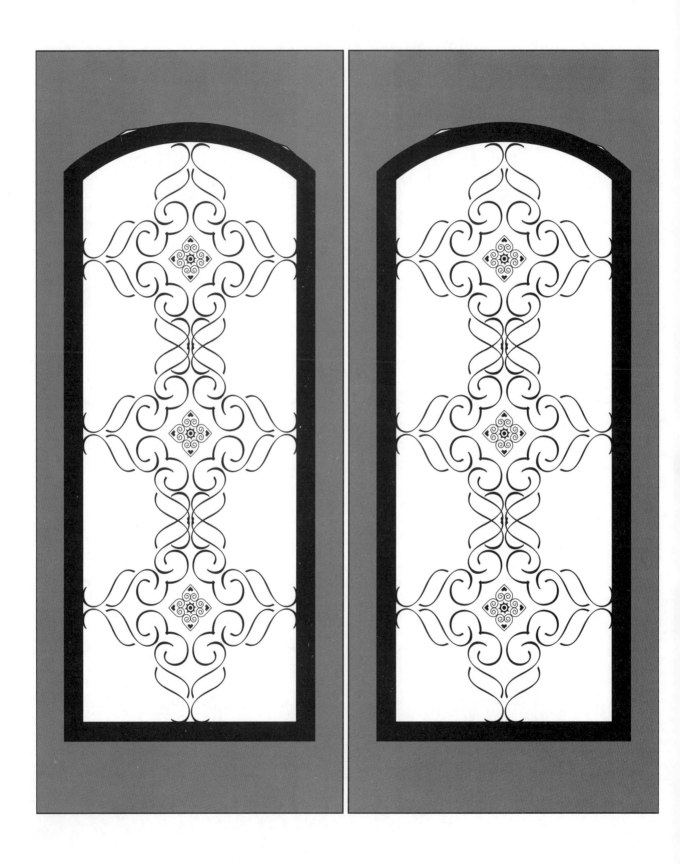

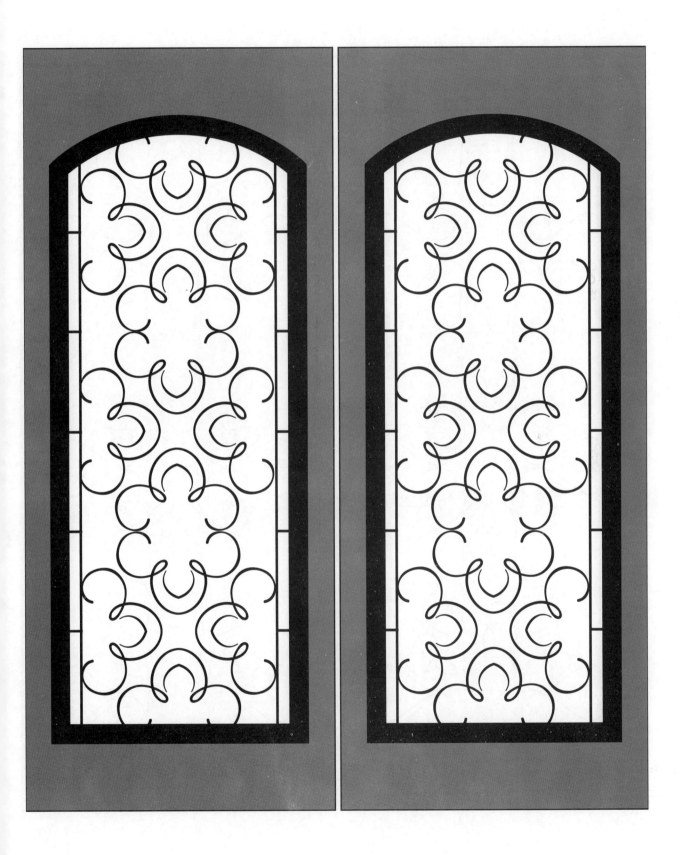

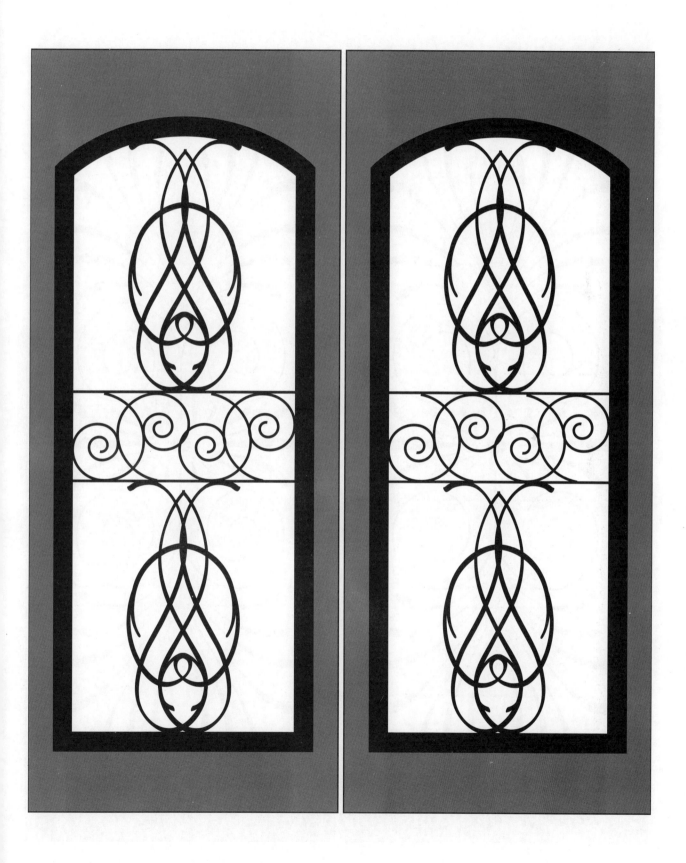

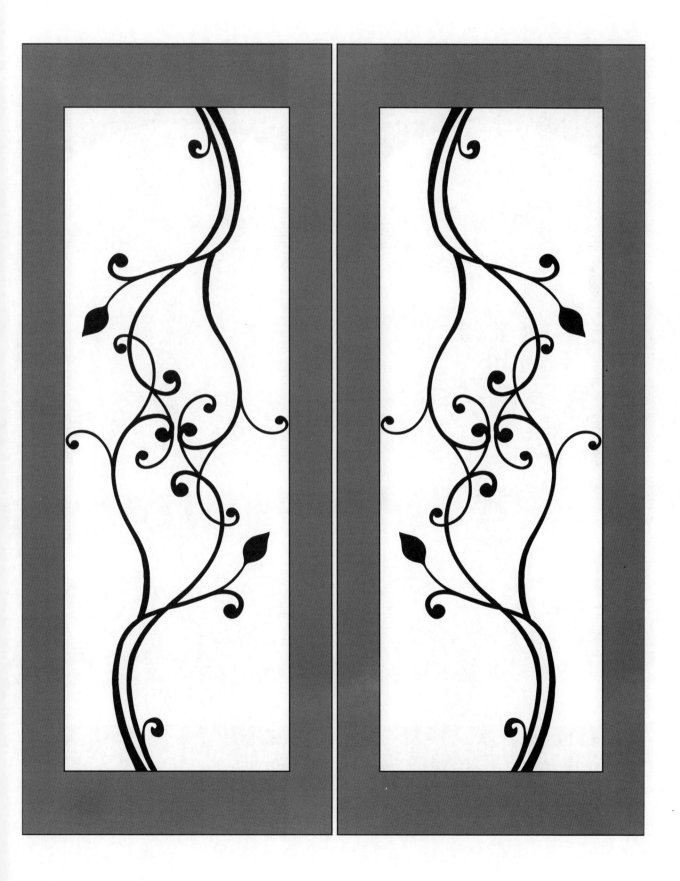

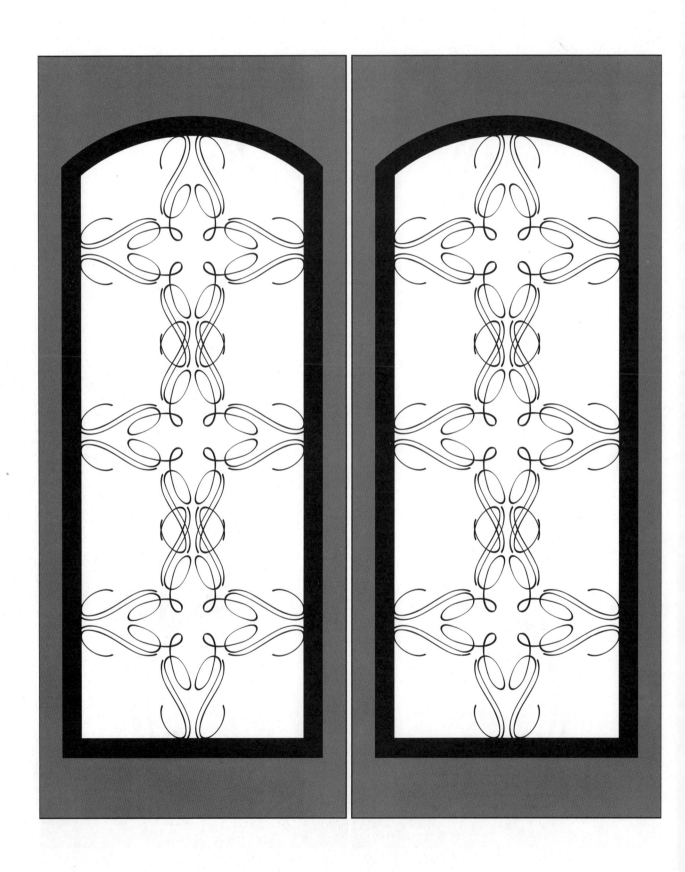

MODERN

IRON ART

现代
铁艺

TYPE

铁艺样式设计
其它样式